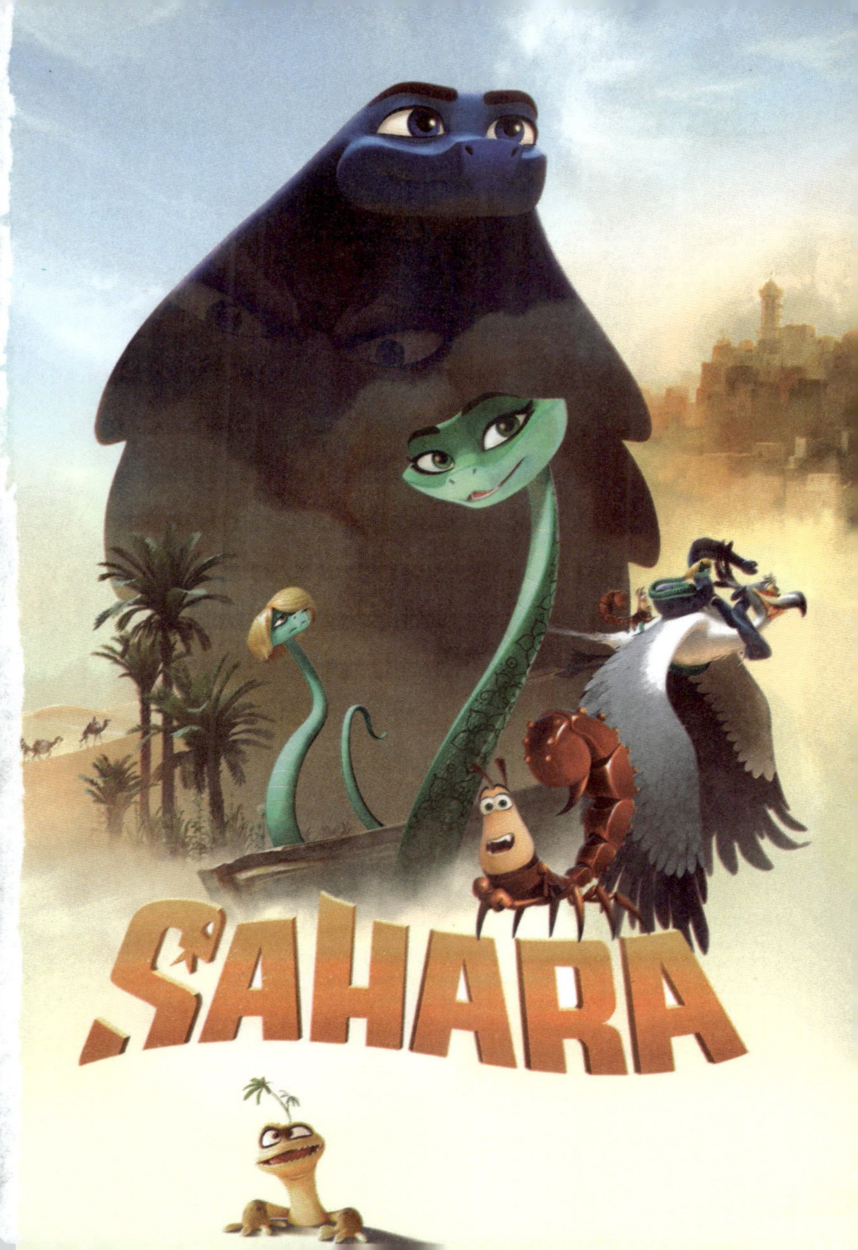
SAHARA

Adaptation de Natacha Godeau à partir d'un script
de Stéphane Kazandjian et Pierre Coré.
Conception graphique du roman : Audrey Thierry.

Hachette Livre, 58, rue Jean-Bleuzen, 92178 Vanves Cedex.

SAHARA

Le roman du film

hachette JEUNESSE

Ajar

Ajar est un Sableux du désert
et il n'a qu'un souhait : vivre un jour dans l'oasis.
Courageux, le serpent noir voit sa vie changer
le jour où il rencontre Eva dont
il tombe éperdument amoureux.

Eva

Cette jolie femelle toute verte refuse
le destin que son père lui impose.
Princesse de l'oasis, elle rêve de liberté
et de grands espaces. Aventurière et rusée,
Eva a plus d'un tour dans son sac !

PITT

Ce scorpion du désert est le meilleur ami d'Ajar. Plus prudent et peureux que lui, il tente toujours de le raisonner, mais il se retrouve, malgré lui, embarqué dans une folle aventure !

GARY

Le frère d'Eva adore faire la fête,
au grand désespoir de son père, Michael.
Persuadé de tout savoir mieux que quiconque,
il va pourtant devoir faire équipe avec Ajar et Pitt
pour retrouver sa sœur.

Chapitre 1

Entre désert et oasis

Tapi derrière un rocher, Ajar, le serpent des sables, épie un groupe de Bédouins couchés auprès de leurs dromadaires. Comme souvent dans le désert, une tempête s'est levée, et les nomades se sont arrêtés pour se mettre à l'abri…

– Prêt ? susurre soudain Ajar à son ami, le scorpion Pitt.

Ce dernier semble paniqué.

– Et si je dis non ? bredouille-t-il.

– On y va quand même ! réplique le serpent.

Et, sans bruit, les deux complices s'approchent d'un dromadaire chargé d'un panier de pastèques appétissantes. Étendu à ses pieds, un homme somnole, le visage emmitouflé dans un chèche afin de se protéger du sable. Ajar n'hésite pas un instant : il glisse doucement sur le Bédouin pour atteindre le panier plein de fruits. Il se faufile à l'intérieur et choisit une belle pastèque, qu'il pousse par-dessus bord. En bas, Pitt tend les pinces pour la rattraper… et la reçoit sur la tête ! Vite, Ajar saute du panier pour l'aider à se dégager de sous le gros fruit. Hélas, une fois le scorpion libéré, impossible d'emporter la pastèque, enfoncée dans le sable.

– Je te l'avais dit, on n'est pas de taille, gémit Pitt.

– Accroche-toi ! ordonne alors Ajar.

Le serpent a un plan : il tire sur la queue du dromadaire qui, surpris, envoie deux de ses pattes vers l'arrière. Il cogne ainsi dans la pastèque, qui se retrouve propulsée par-delà le sommet de la dune voisine.

– Aaaaaah ! s'égosille Pitt en se cramponnant au fruit.

Ravi de son succès, Ajar s'élance à sa suite, lorsque le Bédouin, réveillé en sursaut, empoigne son fusil. Le serpent accélère, zigzague afin d'éviter les balles. Ouf ! Il parvient à son tour de l'autre côté de la dune. Il sourit à Pitt, satisfait d'avoir une belle pastèque à rapporter chez eux, à la Cité des Sableux ! Sauf que…

– C'est gentil de vous être donné tout ce mal à ma place !

Saladin ! Le pire serpent de leur clan approche d'un air sournois, bien décidé à s'approprier le fruit.

– On est deux contre un, je te signale ! grogne Ajar, sur la défensive.

Mais, dans une détente formidable, Saladin se jette sur Pitt, saisit son dard et le lui plante dans le dos ! Aussitôt, le scorpion s'endort.

Ajar bondit à sa rescousse ! Mais c'est peine perdue : Saladin ramasse une pierre avec sa queue et l'assomme ! Puis le voleur s'éloigne tranquillement avec son butin…

Plus tard, lorsqu'Ajar et Pitt regagnent la Cité des Sableux, ils découvrent Saladin et sa bande en train de se régaler de leur pastèque. Dès qu'ils les aperçoivent, les voyous se moquent d'eux en leur proposant des épluchures. Abattus, les deux amis préfèrent passer leur chemin. Ils vont s'installer sur un rocher voisin, en surplomb du désert, où s'étend une paisible oasis verdoyante…

– J'en ai marre, bougonne Ajar. Je vais m'en aller.

Alors qu'il désigne l'oasis, Pitt s'affole.

– Tu plaisantes ?! s'écrie-t-il. C'est le territoire des serpents verts, c'est trop risqu…

– Regarde ! l'interrompt tout à coup Ajar.

Une silhouette se faufile sous les roseaux, à la lisière de l'oasis. Il s'agit d'une gracieuse femelle serpent qui tente de rejoindre le désert. Mais voici qu'un rapace vigilant lui barre la route ! Il la capture entre ses serres et la force à réintégrer l'oasis. Pitt n'en revient pas.

– Tu as vu, ce serpentaire ? Il l'a empêchée de sortir !

Ajar fixe le vide, pensif.

– Elle était sublime, murmure-t-il simplement, fou d'amour.

Le serpentaire se pose près du bassin d'une luxueuse villa, au cœur de l'oasis, où un couple de serpents se prélasse au soleil. Le rapace relâche la petite femelle en expliquant :

– Eva filait vers le désert. Je l'ai rattrapée à temps.

– Merci, Chef Chef ! lance Michael, le père de la fugueuse.

Trop occupée à bronzer, la femme de Michael, Natacha, ne réagit pas.

Dès le serpentaire reparti, Michael se fâche.

– Combien de fois devrai-je te le répéter, Eva ?! rugit-il. Le désert est dangereux ! Et si tu croisais un Sableux, hein ?!

Elle lève les yeux au ciel, mais son père continue :

– Oh, tu peux faire ta maligne, mais les Sableux sont des menteurs et des pouilleux, qui craignent l'eau ! Tu te rends compte de la chance que tu as, d'être née ici ? Bref... Nous recevons les Spencer à dîner ce soir. Leur fils John John est un beau parti pour toi. Alors, sois aimable et…

– Je n'en peux plus, j'étouffe ! le coupe brusquement Eva, en larmes.

Sur quoi, elle file vers la maison. En chemin, elle croise Gary, son jeune frère, qui s'apprête à passer la soirée avec ses copains. Il porte une perruque blonde ridicule. Michael pousse un soupir. Décidément, l'adolescence : quelle galère !

CHAPITRE 2

L'enlèvement

Pitt observe Ajar d'un air dubitatif : le serpent noir des sables se roule dans de la boue verdâtre afin de se déguiser…

– Ça ne marchera jamais ! grogne Pitt.

– Pourquoi pas ? siffle Ajar. Seuls les serpents verts peuvent pénétrer dans l'oasis… Hé bien, me voici !

Il ondule à travers les roseaux, le scorpion, totalement angoissé, à sa suite. Soudain, Ajar sursaute.

– Cache-toi ! murmure-t-il à son ami.

Vite, Pitt s'enfouit sous un caillou, juste au moment où un serpentaire en patrouille s'immobilise devant Ajar.

– Sergent à votre service ! se présente le rapace. Que faites-vous en zone non-protégée ? Vous êtes perdu ?

Il ne faut pas traîner dans le coin, vous êtes à la limite du désert. Vous pourriez rencontrer des Sableux et, croyez-moi, vous le regretteriez !

– Oui… bien sûr, rétorque Ajar, nerveux.

– Regagnez l'oasis, ordonne le serpentaire.

Trop content, Ajar s'empresse d'obéir tandis que le rapace reprend sa ronde.

Derrière le rideau de roseaux, le paysage est époustouflant. L'oasis est un véritable petit paradis terrestre dissimulé au cœur du rude désert ! L'oued – la rivière – s'écoule en cascades fraîches à flanc de colline verdoyante, où de jolies villas-rochers se dressent à l'ombre de luxuriantes plantes exotiques.

– Alors, Pitt, toujours content de notre venue ? lance Ajar, goguenard.

Le scorpion n'a pas le temps de répondre qu'un cri d'alerte retentit :

– Sableux ! Intrusion !

Alors qu'une volée de serpentaires envahit le ciel, Pitt blêmit.

– Oui, toujours ! bafouille-t-il.

Et, ni une ni deux, il fonce avec Ajar sous le couvert des herbes hautes. Hélas, les amis se perdent de vue au cours de leur fuite.

– Pitt, tu es là ? chuchote Ajar en cherchant frénétiquement autour de lui.

Tout à coup, les herbes se mettent à bouger. Quelqu'un approche… Eva ! Mais Ajar ne la reconnaît pas : elle s'est maquillée en noir !

– Je t'en prie, ne me dénonce pas aux patrouilleurs ! supplie-t-elle.

– Tu es une Sableuse ? demande Ajar, étonné de croiser un serpent de son espèce dans l'oasis.

Eva sourit.

– Super, on y croit ?! Enfin, je veux dire… oui, bien sûr, je suis une Sableuse !

– Mais je ne t'ai jamais vue à la Cité ! commence Ajar avant de se reprendre à son tour. Forcément, puisque j'habite ici, je suis un Vert…

À ces mots, un serpentaire passe au ras de leur tête.

– Nous sommes repérés ! devine Eva. Vite, suis-moi !

Ils sortent des herbes hautes et filent en direction des maisonnettes des Bédouins, qui cultivent l'oasis. Mais les deux fuyards sont attaqués par les coups de pelle d'un fermier en colère, qui s'élance à leurs trousses. Ils se dépêchent de retourner à l'abri des herbes hautes, sans voir que le fermier s'effondre brusquement derrière eux. Il vient de marcher sur Pitt, qui s'est défendu d'une belle piqûre de son dard soporifique…

Ajar et Eva s'immobilisent au bord de la corniche rocheuse. Impossible d'aller plus loin : la rivière rugit au fond du ravin, qui s'ouvre sous eux. Ils sont piégés ! Chef Chef et Sergent les empêchent de rebrousser chemin…

– Au fait, je m'appelle Eva, dit la jolie femelle en fixant Ajar avec intensité.

– Moi, Ajar, répond-il, totalement sous son charme.

– Parfait, Ajar, on y va ! lance-t-elle alors.

Et zou ! Elle se jette dans le vide ! Son plongeon dans l'oued est magnifique – on ne peut pas en dire autant de celui d'Ajar… Il se tortille dans tous les sens, en proie à la panique. Il coule à pic, puis refait surface en crachant.

– Je ne… sais pas… nager ! s'égosille-t-il.

– Les Verts savent pourtant nager... note Eva en venant à son secours.

– Et toi, la Sableuse, normalement, tu devrais couler aussi ?! rétorque Ajar.

À cet instant, Sergent fond droit sur eux en piqué ! Prenant une profonde inspiration, Eva entraîne Ajar sous la surface de l'eau afin d'échapper aux serres du serpentaire. Par chance, la rivière s'enfonce dans une caverne, où Chef Chef et Sergent ne peuvent entrer. Les serpents profitent d'un tronc d'arbre mort pour s'extirper du torrent et se hisser sur la berge. L'eau a dissous leur déguisement à tous les deux.

– Tu es un Sableux ?! crie Eva, terrorisée. Je te préviens, si tu…

– Du calme, je ne suis pas dangereux ! l'interrompt Ajar. Je voulais juste venir vivre dans l'oasis.

– Dans l'oasis ?! répète Eva, sidérée. Mais c'est le pire endroit au monde ! Moi, je veux vivre libre, découvrir ta Cité…

– Ma Cité ?! Mais c'est encore pire ! renchérit Ajar.

Là-dessus, Pitt les rejoint, dérivant dans le courant. Une fois les présentations faites, Eva sort de la caverne et ondule vers le désert… quand un crochet s'abat sur elle !

Un Touareg, charmeur de serpents, vient de la capturer ! Il l'enferme dans l'un des paniers qui se balance sur le dos de son dromadaire et il reprend sa route.

– Eva ! Tiens bon, j'arrive ! hurle Ajar.

Il s'élance à sa poursuite, le fidèle Pitt à ses côtés… au moment où Chef Chef leur tombe brutalement dessus et les emporte dans les airs…

CHAPITRE 3

À la rescousse

Le commissariat grouille de serpentaires en service. Chef Chef se montre intraitable envers Ajar et Pitt.

– Vous savez pourquoi on vous a amenés ici, j'imagine ? demande-t-il, agressif, à ses prisonniers. Pourquoi vous ne deviez pas être dans l'oasis ?

– Parce qu'on est des Sableux, soupire Ajar.

Chef Chef secoue la tête.

– Tolérance zéro, gronde-t-il. Si je laisse ce crime impuni, n'importe qui se croira autorisé à entrer chez nous !

Cette fois, Ajar perd patience.

– S'il est arrivé quoi que ce soit à Eva, je vous jure que…

– Tuez-les ! ordonne Chef Chef à ses collègues sans même l'écouter.

Sur ce, Gary, le frère d'Eva, surgit d'une vieille jarre. Il a un peu trop fait la fête avec ses amis, et les serpentaires l'ont conduit au commissariat en attendant de le raccompagner chez lui. Ajar voit là l'occasion unique de sauver sa peau ! Vif comme l'éclair, il se jette sur Gary et menace de lui planter ses crochets dans le cou si on ne le relâche pas immédiatement…

Inquiet pour l'otage, Chef Chef s'incline.

– Laissez-le partir ! commande-t-il aux rapaces.

Satisfait, Ajar désigne Sergent.

– Pitt, monte sur son dos ! dit-il.

Terrifié, le scorpion obéit. Ajar le rejoint en retenant toujours Gary bien serré dans ses anneaux. Puis il force le serpentaire à décoller et le petit groupe s'enfuit par les airs…

Sergent survole l'oasis. Ajar le dirige en tirant sur les plumes de son crâne. Il slalome entre les palmiers car deux serpentaires les ont pris en chasse… et ils gagnent du terrain !

– Pitt, jette-leur des trucs ! crie Ajar.

– Quels trucs ?! gémit le scorpion.

Remarquant la perruque blonde de Gary, il la lui arrache d'un coup sec et la lance par-dessus bord. Elle atterrit sur le crâne de l'un de leurs poursuivants qui, aveuglé, s'écrase contre un palmier. Ajar change alors brusquement de direction, et l'autre serpentaire, incapable de réagir assez vite, s'assomme à son tour contre un arbre.

– Youhou ! triomphe le serpent des sables. Maintenant, allons sauver Eva !

Gary ouvre les yeux comme des soucoupes.

– Eva ? Ma sœur ? OK, je veux bien que tu me déposes là, près du palmier. Je rentre !

– Pas question ! refuse Ajar. Nous sommes son seul espoir !

– Mais tu la connais à peine ! proteste Pitt.

– Et puis, tu as plutôt intérêt à me laisser tranquille, enchaîne Gary. Sais-tu que mon père est le serpent le plus riche et le plus influent de l'oasis ?

Ajar fait la moue.

– Sais-tu que je m'en moque... complètement ? riposte-t-il.

Et, au grand désespoir de Pitt, il met le cap sur le désert, résolu à retrouver le Touareg charmeur de serpents...

Pendant ce temps, Eva recouvre peu à peu ses esprits. Prisonnière du panier de son kidnappeur, elle découvre ses compagnons de captivité : un groupe de serpents danseurs, dirigé par Madame Rita, une intraitable vipère meneuse de revue.

– Du nerf, les enfants ! Rentrez-moi ces ventres !

Soudain, une petite femelle couleur corail aperçoit Eva.

– Oh, la nouvelle est réveillée ! s'exclame-t-elle.

Sa sœur jumelle se précipite pour l'accueillir.

– Bienvenue ! Je suis Alexandrie !

– Et moi, Alexandra ! renchérit la première.

Alors qu'Eva les dévisage, perplexe, Madame Rita s'approche.

– Il va falloir tonifier ces muscles ! constate-t-elle sévèrement. On n'entre pas sans efforts dans ma troupe !

– Tu parles d'une « troupe » ! ironise alors une splendide vipère blanche.

Madame Rita se fâche.

– Parfaitement, Pietra, une troupe ! Qui a fait de vous des danseurs ? Qui vous a tout appris ? Lui, peut-être ?!

Eva ne comprend pas. Les jumelles lui expliquent sur le ton de la confidence :

– *Lui*, c'est celui qui nous a capturés. On ne doit jamais prononcer son nom…

– Oui, il ne faut jamais dire, Omar, sinon…

– Oh, tu l'as dit !

– J'ai dit quoi ?!

– Ce qu'il ne faut pas dire, Omar !

– Non, c'est toi, qui l'as dit !

Pietra profite de la confusion pour mettre les choses au point avec Eva.

– La troupe a *une* vedette : moi ! Tu retiens ça, et tout ira bien, prévient-elle.

– Mais je n'ai rien à faire ici ! proteste Eva. Je veux partir !

– Du calme, ton Georges est là, ma mignonne, lui susurre alors un grand serpent au sourire de séducteur.

Eva se désespère pour de bon : quel cauchemar !

CHAPITRE 4

Au cœur de la nuit

Sergent parcourt toujours le désert immense. Sur son dos, Ajar se régale : il adore voler ! Pitt, en revanche, est livide d'angoisse. Quant à Gary, il paraît s'ennuyer à mourir… Enfin, Ajar repère les Touaregs, au loin.

– C'est parti ! siffle-t-il en virant brutalement de bord.

Il manœuvre en tirant sur les plumes au sommet de la tête de Sergent. Ce dernier accélère. Effrayé, Pitt tente de s'emparer des commandes.

– Je ne te laisserai pas nous tuer ! hurle-t-il à Ajar.

Ils se disputent alors les plumes du serpentaire, qui se met à faire des vrilles et des loopings. Trop léger pour ces acrobaties, le scorpion se retrouve éjecté dans le vide ! Il parvient à se rattraper *in extremis* en plantant son dard dans le postérieur du rapace, lequel s'endort instantanément et tombe sur le sol…

– Oups ! Désolé ! bredouille Pitt, penaud.

Le soir tombe vite. Après avoir laissé Sergent ronfler sur le sable, Ajar, Pitt et Gary poursuivent désormais leurs recherches sur la terre ferme. Et traverser le désert dans la pénombre n'a rien de bien rassurant, surtout lorsqu'il s'agit de se déplacer au milieu d'un labyrinthe rocheux…

– J'ai une idée ! s'écrie Ajar. Faisons comme les Touaregs : suivons l'étoile du Berger !

Tous les trois lèvent les yeux afin d'examiner le ciel nocturne. Pas facile de distinguer une silhouette de berger parmi toutes ces constellations !

– Sérieux, vous ne savez pas comment sortir d'un labyrinthe ? ironise Gary. Il suffit d'emprunter tout le temps la droite, voyons !

Mettant son conseil à exécution, il s'aventure dans un tunnel qui se dresse sur leur chemin… et ne tarde pas à se retrouver à son point de départ, sans réaliser qu'il vient de tourner en rond !

– J'ai dû me tromper de droite, grogne-t-il en repartant.

Ajar et Pitt l'attendent à nouveau, résignés. Cette fois, cependant, Gary ne revient pas… Inquiets, ils partent sur ses traces.

– Gary, où es-tu ? appellent-ils en s'enfonçant dans la caverne.

– Par ici ! répond une voix étouffée.

Ajar et Pitt se précipitent dans sa direction… et dégringolent au fond d'une crevasse !

– Ah ben, bravo ! rouspète Gary en les voyant atterrir près de lui. Qui va nous sortir de là, maintenant ?!

– Tu aurais dû nous prévenir ! s'énerve Ajar.

Puis, comme il est impossible d'escalader la paroi, il se faufile dans une galerie obscure. Malgré leur réticence, Pitt et Gary n'ont d'autre choix que de l'imiter…

De leur côté, les Touaregs ont dressé un campement pour la nuit. Mais avant d'aller se coucher, le petit groupe se réunit autour d'Omar, le prodigieux charmeur de serpents. Et le rite commence… Omar soulève un couvercle d'osier et plonge les bras dans un panier, où Alexandrie, Alexandra, Pietra et Georges s'enroulent autour de ses poignets.

– Je ne vous dis pas « bonne chance », ça porte malheur ! leur siffle Madame Rita.

Puis la vipère des Sables s'adresse à Eva :

– Toi, tu restes avec moi et tu apprends en observant tes petits camarades par les fentes du panier.

Mais Eva a mieux à faire : elle vient de remarquer que le Touareg avait laissé le couvercle entrouvert et décide, séance tenante, de s'échapper par l'interstice ! Elle grimpe donc le long des mailles d'osier, et, ignorant les cris d'interdiction de Madame Rita, se faufile discrètement à l'extérieur…

– Les serpents ! récite Omar en brandissant les poings devant son public captivé. Magnifiques pour certains, terrifiants pour d'autres…

Pietra, Georges et les jumelles bondissent de ses avant-bras et se dressent sur un tapis. Le Touareg continue :

– Mais aucun ne peut résister au pouvoir magique des notes envoûtantes de la fabuleuse flûte de Kpassenou !

Là-dessus, il saisit l'instrument qu'il porte autour du cou et se met à en jouer. Alexandrie, Alexandra,

Georges et Pietra entrent en transe. Ils se balancent sur place, comme hypnotisés. Eva, elle-même, ne peut s'empêcher d'onduler en rythme ! Contre son gré, elle rejoint les autres sur le tapis. Elle bouge avec une grâce et une élégance inégalées. Si Pietra en pâlit de jalousie, Eva déteste cette sensation de ne plus rien contrôler…

Chapitre 5

Pris au piège

Ajar, Gary et Pitt progressent dans la galerie souterraine. Soudain, une lueur vacillante apparaît dans la paroi rocheuse. Intrigué, Ajar s'approche du halo lumineux. Et flash ! Des dizaines de points scintillants illuminent les lieux : il s'agit d'une grotte pleine de vers luisants…

– Lumière, nous sommes tous lumière ! chantent les insectes.

À ces mots, le plus âgé d'entre eux s'avance.

– Bienvenue à vous, étrangers ! accueille-t-il le trio. Je suis le Roi Luisant. En quoi pouvons-nous vous éclairer ?

– Nous sommes perdus, intervient Gary. Nous cherchons une caravane de Touaregs.

– Il vous suffit de suivre l'étoile du Berger, répond le ver en chef.

Ajar lance un regard énervé à Gary. Le Roi Luisant reprend :

– Nous allons vous aider à la repérer. Lumière !

Les lucioles s'éteignent aussitôt. Puis quelques-unes se rallument, dessinant au plafond les constellations de la voûte céleste. C'est féerique !

– Voici la Voie lactée, décrit le roi. Par ici, vous avez la Petite Ourse, au bout de laquelle brille plus intensément l'étoile polaire… aussi connue sous le nom d'étoile du Berger.

Les autres vers s'illuminent à nouveau. Ajar pousse un soupir de soulagement.

– On va pouvoir délivrer Eva ! se réjouit-il.

– Accepteriez-vous d'abord de vous joindre à notre humble repas ? propose alors le Roi Luisant.

– Nous sommes pressés mais, oui, bien entendu ! accepte poliment Ajar.

– Fantastique ! jubile le souverain, l'œil gourmand. Mes chers vers luisants, entonnons l'*Hymne d'hommage aux invités* !

Et tous se mettent à chanter à gorge déployée :

– Merci à vous ! Nous garderons toujours un bout de vous en nous, au fond de nos ventres apaisés, par vos petits corps démembrés !

Ajar et Pitt échangent un regard horrifié.

– On file ! soufflent-ils.

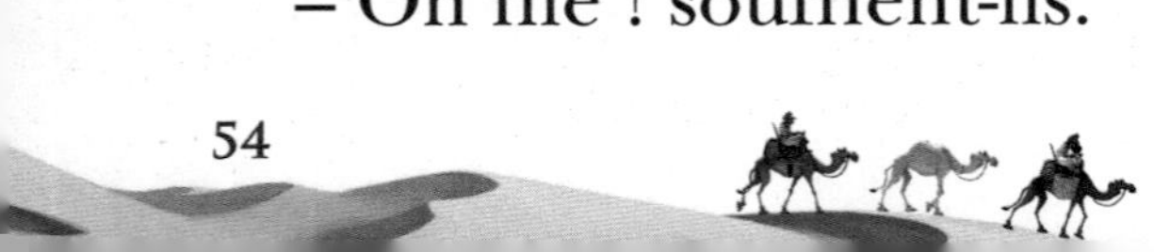

– Vous allez les vexer, note Gary, qui, une fois de plus, n'a rien compris.

– Mais c'est nous, le repas, espèce d'idiot ! s'agace Pitt.

Ils veulent quitter la grotte, quand des vers tombent du plafond en les aspergeant d'une substance visqueuse. Nos héros englués luttent avec acharnement, déterminés à ne pas se faire dévorer. Tout à coup, Ajar repère une fissure, au plafond… Rassemblant son énergie, il se fraie alors un passage parmi l'armée des vers carnivores. Il se hisse le long de la paroi et parvient, tant bien que mal, à atteindre la faille. Il se glisse à l'intérieur, pousse de toutes ses forces… jusqu'à ce qu'un morceau de roche se détache ! Aussitôt, un rayon du soleil levant inonde la caverne.

– Le feu du ciel ! s'égosillent les vers luisants en filant se cacher.

Ajar, Pitt et Gary ne traînent pas. Ils s'extirpent de la caverne, rebouchent la fissure et se retrouvent sains et saufs dans le désert. Malheureusement, à cette heure matinale, les constellations ont disparu. Plus question de compter sur l'étoile du Berger…

– Par-là ! déclare Ajar en désignant la gauche.

– Et qu'en sais-tu ? interroge Pitt.

– Il y a les empreintes des Touaregs, répond son ami.

Les nomades ont en effet levé le camp et repris leur chemin. Sans hésiter, Ajar s'élance sur leurs traces…

Le soleil tape dur, dans le ciel. La chaleur est écrasante. Ajar et Pitt gravissent bravement une haute dune, mais Gary peine à les suivre.

– Dis, Ajar, pourquoi prends-tu tant de risques pour ma sœur ? halète-t-il.

– Il est amoureux… chuchote Pitt.

Gary tressaille.

– Un Sableux, amoureux de ma sœur ? Non mais c'est n'importe quoi ! En plus, il n'a même pas encore mué, il a toujours sa vieille peau !

Piqué au vif, Ajar fait la sourde oreille. Il termine son ascension, puis se laisse glisser de l'autre côté de la dune avec Pitt. Moins doué, Gary dévale la pente, tête la première, et s'écrase en bas, vexé.

Les heures passent… Désormais, même Ajar et Pitt progressent avec difficulté sous le soleil de plomb. Les trois amis sont sur le point de s'écrouler, lorsqu'ils aperçoivent un 4x4 de touristes à l'arrêt. Saisissant leur chance, ils s'engouffrent à l'intérieur du véhicule. Hélas, le chauffeur débusque Ajar et Gary, qu'il s'empresse de jeter par la fenêtre de la portière.

– Pitt ! hurle Ajar.

Le 4x4 s'éloigne, laissant Ajar et Gary, seuls dans le désert.

CHAPITRE 6

Tentative d'évasion

Dans le panier en osier, les répétitions battent leur plein. Eva est obligée de se plier aux exercices de Madame Rita, qui, en professeur ultra-sévère, mène sa troupe à la baguette.

– C'est nul, Eva ! la gronde-t-elle. Recommence !

– À quoi bon ? gémit cette dernière. Après tout, c'est la magie, qui nous fait danser…

Madame Rita la fusille d'un regard noir.

– La flûte t'hypnotise, mais elle ne te donne ni la grâce ni le talent ! riposte-t-elle.

– Et si on s'octroyait une pause ? suggère alors Georges.

Soulagée de pouvoir souffler un peu, Eva se réfugie à l'abri des regards. Alors qu'elle paraît totalement déprimée, Georges vient lui parler.

– Oublie mon charme ravageur. Moi aussi, j'ai des états d'âme. La solitude, le mal du pays, l'enfermement. C'est dur, mais c'est le destin. Et il nous a réunis, que cela te plaise ou non ! conclut le serpent en s'éloignant.

Eva soupire. Elle contemple le désert, qui défile à travers les mailles du panier d'osier, suspendu au flanc du dromadaire d'Omar. La caravane des Touaregs se déplace paisiblement. Si seulement Ajar pouvait être là…

– Tu veux t'évader ?

Eva se retourne en sursautant. Pietra !

– Je connais un moyen infaillible, reprend la vipère blanche.

– Et pourquoi voudrais-tu m'aider ? interroge Eva, méfiante.

Pietra répond sans détour :

– Il n'y a pas de place pour deux vedettes, dans le show. On a donc chacune intérêt à ce que tu déguerpisses.

Elle conduit Eva à sa couche de paille et lui dévoile un trou, qu'elle a creusé, jadis, dans l'osier du panier.

– Au début, je voulais m'enfuir, moi aussi, confie-t-elle. Mais les choses changent. Allez, faufile-toi par-là !

Ni une ni deux, Eva se glisse dans le trou et se laisse tomber sur le sol... lorsque le dromadaire situé juste derrière celui qui portait le panier d'osier la repère.

– Qu'est-ce que tu fais ? gronde-t-il. Rentre dans ton panier !

Elle s'exécute timidement. Mais Pietra la repousse à l'extérieur et, boum ! Eva atterrit dans le sable !

– Une évadée ! alerte alors le dromadaire.

Aussitôt, toutes les bêtes de la caravane se mettent à piétiner avec rage. Eva zigzague entre leurs sabots afin de ne pas finir écrasée. Elle reçoit cependant un mauvais coup et s'écroule, à demi sonnée. Le calme revenu, Omar la ramasse et la jette de nouveau dans son panier sans ménagement…

– Tu ne perds rien pour attendre, susurre-t-il avec un sourire cruel sur les lèvres.

Le lendemain, Ajar et Gary reprennent la route sous le soleil. Ajar a décidé de rejoindre la caravane des Touaregs, puisque c'est leur seule piste. Puis, une fois Eva libérée, ils s'occuperont de retrouver Pitt.

– Pitié, je n'en peux plus ! se plaint Gary.

Ils aperçoivent à cet instant une frêle plante verte, dont les feuilles dispensent une étroite bande d'ombre bienfaisante. Les deux serpents se la disputent âprement, quand la plante s'enfonce brusquement dans le sol ! Puis un étrange petit reptile jaune sort du sable en la mâchouillant. Ajar et Gary le contemplent avec stupeur.

– Euh… bonjour… bredouille Ajar, interloqué par cette créature bizarre. Vous n'auriez pas croisé un groupe de Touaregs, dans les parages ?

Le reptile réfléchit.

– Vous voulez dire une caravane de Touaregs, en route pour Souksoukville, avec des dromadaires et un panier en osier, d'où une femelle serpent d'un joli vert a essayé de s'échapper, avant d'être à nouveau capturée ?

Ajar et Gary échangent un sourire plein d'espoir.

– Désolé, je n'ai rien vu, conclut alors le reptile.

– Comment ?! s'étrangle Ajar. Mais… mais…

L'autre reste muet. Impossible d'en savoir plus. Ajar décide de changer de méthode.

– Pouvez-vous au moins nous indiquer la direction de Souk-soukville ?

– Jamais entendu parler de ce coin, ment encore le reptile avant de s'enfouir dans le sable.

C'en est trop pour Ajar qui, à bout de force, pique une crise de nerfs devant Gary, désemparé. Par chance, celui-ci repère une mini-oasis, avec une mare et un palmier : l'endroit idéal pour se ressourcer jusqu'au lendemain matin.

CHAPITRE 7

Prêts à tout

La journée s'achève dans le désert. Comme la veille, les Touaregs ont installé leur campement. Et comme la veille, Omar leur présente son prodigieux spectacle de serpents… sauf que ce soir, il est un peu différent… Eva et Pietra vont s'affronter dans un combat de danse sans merci !

– Le désert est impitoyable, déclame Omar.

Un frisson parcourt l'assistance. Le dresseur poursuit :

– Parfois, il y a de la place pour tous. Parfois, il ne peut en rester qu'un…

Eva et Pietra sont catastrophées. L'une d'elle paiera très cher l'issue de la bataille ! Les notes de la flûte magique s'élèvent vers le ciel nocturne. Instantanément, les danseuses entrent en transe et

ondulent en se défiant du regard. Autour d'elles, le public surexcité lance ses paris. Un billet sur Eva ! Non, deux pièces sur Pietra ! Avec un plaisir sadique, Omar passe du tango au hip-hop, de la danse orientale à la danse classique, contraignant les concurrentes à s'adapter en permanence. Alors, Eva ferme les yeux, elle se laisse porter par la musique, se fiant uniquement à son instinct. Et elle exécute une chorégraphie magistrale ! Sentant la victoire lui échapper, Pietra tente de la bousculer… mais s'affale de tout son long.

Le combat est terminé. Sous l'œil impuissant d'Eva, Omar enferme Pietra avec les serpents destinés à être sacrifiés pour leur peau, très prisée chez les fabricants d'accessoires en cuir. Anéantie par ce qui vient de se produire, Eva regagne sa couche de paille, dans un coin du panier. Madame Rita la rejoint. Elle paraît bouleversée, elle aussi, mais n'en dit rien.

– Pietra connaissait les règles du jeu, affirme-t-elle. Tu es la nouvelle vedette du show. Demain, nous nous produisons à Souksoukville. Apprends ton numéro.

Accablée, Eva ne sait que répondre…

Entre-temps, les touristes garent leur 4x4 entre les dunes du Sahara afin de passer la nuit à la belle étoile. Lorsque tout le monde dort, Pitt s'extirpe discrètement du véhicule par le pot d'échappement. Puis il se love dans une chaussure et s'assoupit à son tour… avant de se redresser, aux aguets. Dehors, des voix discutent ! Il regarde par un œillet de la chaussure et aperçoit une famille de scorpions…

– Cela vaut le coup d'aller voir des vestiges préhistoriques, non ? encourage le père.

– Un tas de vieux os ! grogne le fils.

– Dire que mes copines sont à la plage, bougonne la fille.

– Et si nous faisions une pause ? suggère la mère.

Là-dessus, le père se met en position d'attaque.

– Attention ! Ça bouge, dans cette chaussure ! C'est peut-être une mangouste !

Puis, à voix plus haute :

– Eh, vous ! Sortez de là !

Pitt se redresse. La mère scorpion sourit.

– Oh, l'un des nôtres ! s'écrie-t-elle. Voudriez-vous nous offrir l'hospitalité, monsieur ?

Pitt, qui sent son cœur s'emballer devant la beauté de la jeune fille scorpion, s'empresse d'accepter. Au lever du soleil, cependant, il refuse

d'accompagner ses nouveaux amis en expédition dans le désert, car le guide annonce aux touristes qu'ils se rendent à Souksoukville assister au spectacle d'Omar, le célèbre charmeur de serpents… Sans hésiter, Pitt remonte à bord du 4x4 !

Ajar se réveille de meilleure humeur. Il surgit du sable, où il s'était enfoncé pour avoir chaud durant la nuit, et cherche Gary autour de lui. Il le retrouve en pleine contemplation d'un puits d'irrigation…

– Tu as vu, Ajar ? C'est une foggara ! lance-t-il, émerveillé. C'est un réseau de souterrains, qui acheminent l'eau vers les villes et

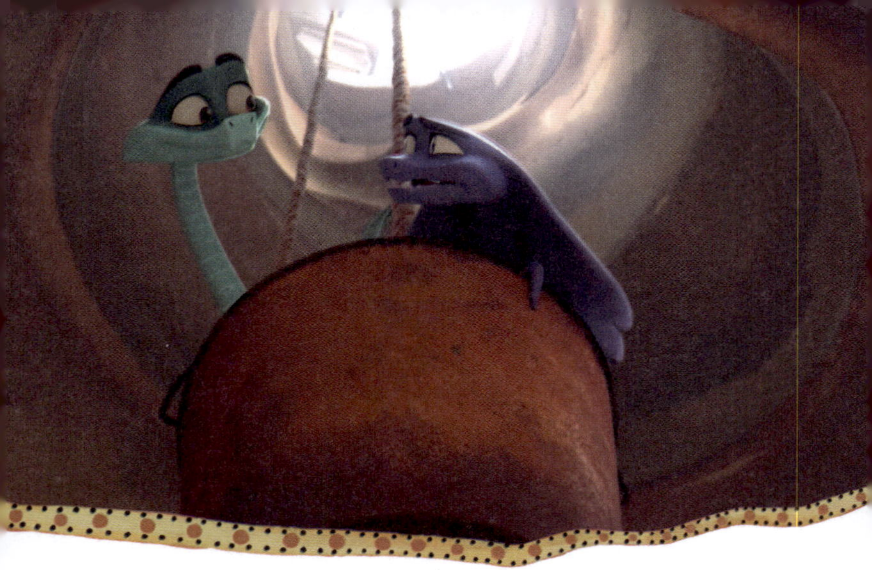

les villages. Si on plonge là-dedans, on dérive dans le courant et on débouche à Souksoukville en moins de deux !

Ajar secoue la tête.

– Hors de question ! Je ne sais pas nager.

Gary le dévisage, abasourdi. C'est alors qu'il voit, au loin, une immense tornade de sable, qui se dirige droit vers eux…

– Soit on meurt dans la tempête, soit on tente la foggara, susurre-t-il.

Et il saute à l'eau en entraînant Ajar !

CHAPITRE 8

Opération sauvetage

Les flots bouillonnants malmènent les deux serpents. Ajar croit sa dernière heure arrivée, quand il est brutalement projeté à l'air libre et atterrit dans un bassin où s'abreuvent des dromadaires. Bientôt, Gary s'extirpe du souterrain de la même manière. Les deux complices sourient. Victoire : ils sont à Souksoukville !

Mais déjà, les villageois rentrent en vitesse s'abriter de la tempête. Le vent gronde, lugubre, à travers les ruelles anciennes de la médina.

– Il faut retrouver le Touareg qui a enlevé Eva, s'impatiente Ajar.

Gary lui désigne un panneau publicitaire. On y voit Omar, avec l'adresse de sa boutique, « Le Paradis du Serpent ».

– Super ! On y va !

La petite échoppe regorge d'objets de toutes sortes : peaux tannées, fioles de venin, ceintures, sacs… Deux grands vivariums accueillent les serpents vivants : les danseurs d'un côté, les sacrifiés de l'autre. Un vieux ventilateur tourne au plafond. Au fond de la pièce, Omar range avec soin sa précieuse flûte magique. Il la dépose dans un écrin d'argent doublé de velours rouge. Puis il s'installe à son établi et prépare ses instruments de tanneur…

Dans le vivarium des danseurs, Georges ne se lasse pas de jouer les séducteurs auprès d'Eva.

– Si tu as besoin de réconfort, tu sais qui appeler ! articule-t-il, mielleux.

Au même instant, Ajar et Gary se faufilent dans le magasin par le conduit d'aération…

– Oh, Eva ! s'étonne le Sableux.

Ajar est si dépité de surprendre la femelle de sa vie en train de roucouler

avec un bellâtre, qu'il décide d'abandonner, sur-le-champ, l'opération sauvetage ! Après tout, elle n'est peut-être pas si malheureuse que ça, ici !

Mais Gary le rappelle à l'ordre :

– Tu t'estimes vaincu d'avance ? Tu n'as pas envie de te battre pour ce qui compte vraiment pour toi ? Mince, quel gâchis ! Après tous les dangers qu'on a affrontés pour arriver jusqu'ici… Allez, on délivre ma sœur, OK ?

Et d'un bond fantastique, ils s'élancent, ensemble, sur les hélices du ventilateur branlant. Eva les aperçoit du coin de l'œil.

– Ajar ?! Mon frère ?! bégaie-t-elle, stupéfaite.

Tandis qu'Ajar se cramponne au montant du ventilateur, Gary

tournoie à toute vitesse, accroché par la queue à une hélice.

– J'ai un plan ! le rassure Ajar.

Et il grimpe desserrer les vis rouillées qui retiennent le ventilateur au plafond. Celui-ci se décroche en partie. Déséquilibré, Gary lâche prise. Il est propulsé à l'autre bout de la boutique, où il s'écrase contre la porte d'entrée ! Omar tressaille.

– Qui est là ?

N'obtenant pas de réponse, il va ouvrir. Comme il n'y a personne, il referme en grommelant… et découvre Ajar, en équilibre sur le ventilateur, occupé à ôter la dernière vis ! Omar se précipite, fou de colère. Trop tard : le ventilateur se détache du plafond et tombe en plein sur les vivariums ! Sous le poids de l'appareil, ils volent en éclat. Les serpents libérés filent sans demander leur reste. Ils se glissent sous les meubles, dans les fissures des murs. Pietra fonce retrouver Georges, Madame Rita, Alexandrie et Alexandra dans leur planque. Eva, elle, se jette au cou d'Ajar.

– Tu es blessé ? s'inquiète-t-elle en remarquant une entaille qui lui lacère la peau.

– C’est un morceau de verre, ce n’est rien, répond Ajar. Dépêchons-nous !

– C’est inutile, soupire Eva. Omar va jouer et nous serons tous hypnotisés…

En effet, le Touareg se précipite sur sa flûte ensorcelée. Mais voici que Gary lui plante ses crochets dans le mollet ! Omar pousse un cri avant de le rejeter violemment en rugissant :

– Je suis immunisé contre ton venin !

Puis il fait volte-face afin de s'emparer de la flûte. Sauf qu'Ajar l'a dérobée ! L'instrument bien calé dans la gueule, le serpent gravit l'escalier du toit-terrasse. Dehors, la tempête souffle fort. Une rafale menace d'enlever Ajar, ce qui lui donne soudain une idée : il se jette dans le vide et, planant dans le vent, il atteint la maison voisine. Sans hésiter, Omar se rue à ses trousses de toit en toit.

Dans le quartier des tanneurs, chaque terrasse abrite des cuves de teinture. Omar et Ajar y plongent tour à tour, emportés par des bourrasques successives. Puis le serpent est envoyé au sommet d'un minaret. Il s'entortille désespérément à la flèche métallique, pendant qu'Omar escalade l'édifice d'un air triomphant… Il tente alors de lui arracher la flûte, mais Ajar tient le choc. Il resserre les mâchoires… et la flûte se brise en deux !

Fou de rage, Omar perd l'équilibre en voulant s'en saisir. Il se rattrape de justesse au corps du serpent, dont la peau se déchire petit à petit autour de sa blessure… Ajar écarquille les yeux : il mue enfin ! Sa vieille peau s'envole tandis qu'un tourbillon de sable emporte le Touareg. Épuisé, le serpent lâche prise…

La tempête s'éloigne. Ajar demeure à terre, inconscient.

– Ajar, je t'en supplie, réveille-toi ! sanglote Eva.

Près d'eux, Gary panique. Mais Ajar se met soudain à tousser et rouvre, enfin, les paupières. Folle de bonheur, Eva s'enroule amoureusement autour de lui.

– Attention, ma blessure est encore sensible ! siffle-t-il en grimaçant.

Sa nouvelle peau est splendide, d'un noir luisant majestueux !

– Tu as bravé le désert pour moi, murmure Eva, émue.

– J'aurais bravé la terre entière, réplique Ajar.

Ils s'embrassent, leurs deux corps longilignes formant un cœur, lorsqu'une ombre familière s'allonge au-dessus d'eux… Omar ! Il se penche sur les serpents, avant de se figer brutalement sur place,

puis de s'écrouler, en proie à un sommeil profond.

– Alors, qui c'est, le patron ?! s'exclame Pitt.

Il retire son dard du dos du Touareg. Ajar s'élance vers lui.

– Pitt, oh, Pitt, te revoilà ! Tu m'as tellement manqué !

Pitt salue gentiment Eva de la pince. Puis il présente son amoureuse à

ses amis : Émilie, la fille de la famille scorpion !

Plus tard, perchés sur le toit du 4x4 touristique, nos héros profitent d'une visite du Sahara en première classe. Ajar et Eva sont tendrement enlacés l'un contre l'autre. Pitt et Émilie se tiennent par la pince. Gary et Pietra, qui se sont rencontrés au Paradis du Serpent, apprennent à se connaître. Manifestement, ces deux-là sont nés pour s'entendre ! Quant à Madame Rita, elle a choisi de créer une troupe avec les serpents qui se sont échappés du vivarium. Et Georges et les jumelles Alexandrie et Alexandra forment à présent un trio promis au plus bel avenir.

Ajar et Eva contemplent paisiblement le désert qui se déroule à l'horizon. Croire coûte que coûte en ses rêves sans jamais y renoncer est la véritable clé du destin. Désormais, serpents des sables et serpents des oasis vivront réconciliés !

FIN

Tu as aimé cette histoire ?

Découvre vite
plein de nouvelles aventures
sur le site :

www.bibliotheque-rose.com

TABLE

hachette s'engage pour l'environnement en réduisant l'empreinte carbone de ses livres. Celle de cet exemplaire est de : 400g éq. CO_2
Rendez-vous sur www.hachette-durable.fr

PAPIER À BASE DE FIBRES CERTIFIÉES

Photogravure Nord Compo - Villeneuve-d'Ascq

Imprimé en Roumanie par G. Canale & C. S.A.
Dépôt légal : janvier 2017
Achevé d'imprimer : décembre 2016
72.7849.6/01 – ISBN 978-2-01-700430-1
Loi n° 49956 du 16 juillet 1949
sur les publications destinées à la jeunesse